D1224754

Nous remercions le ministère du Patrimoine canadien,
la SODEC et le Conseil des Arts du Canada
de l'aide accordée à notre programme de publication

Patrimoine   Canadian
canadien   Heritage

Conseil des Arts   Canada Council
du Canada   for the Arts

ainsi que le Gouvernement du Québec
– Programme de crédit d'impôt
pour l'édition de livres
– Gestion SODEC.

Nous reconnaissons l'aide financière
du gouvernement du Canada
par l'entremise du Programme d'aide au développement
de l'industrie de l'édition (PADIÉ) pour ce projet.

Illustration de la couverture
et illustrations intérieures :
Michel Rouleau

Couverture :
Conception Grafikar

Édition électronique :
Infographie DN

DANGER
LE
PHOTOCOPILLAGE
TUE LE LIVRE

Dépôt légal : 3e trimestre 2005
Bibliothèque nationale du Canada
Bibliothèque nationale du Québec
123456789 IML 098765

LE SOBRIQUET

Données de catalogage avant publication (Canada)

Daveluy, Louise, 1964-

Le sobriquet

(Collection Sésame ; 81)
Pour enfants de 6 à 8 ans.

ISBN 2-89051-943-0

I. Titre. II. Collection : Collection Sésame ; 81

PS8607.A76S63 2005   jC843'.56   C2005-941453-7
PS9607.A76S63 2005

Louise Daveluy

roman

ÉDITIONS
PIERRE TISSEYRE

5757, rue Cypihot, Saint-Laurent (Québec) H4S 1R3
Téléphone: (514) 334-2690 – Télécopieur: (514) 334-8395
Courriel: ed.tisseyre@erpi.com

À Françoise et Jacques
que nous surnommons
affectueusement les pops.

1

LE PREMIER AVEU

Je n'ai peur de rien! Julien Grippe agit comme une brute à l'école, mais pensez-vous qu'il m'effraie avec ses menaces? Croyez-vous que je suis nerveux avant un examen ou que j'ai le trac en répondant à une question difficile? J'observe, sans broncher, les plus horribles scènes d'un film épeurant et je ne crie pas pour une écorchure au genou. Aucun reptile ne me dégoûte et je n'ai jamais mal au cœur à bord d'un manège. Non! Je vous assure que je n'ai peur de rien!

En fait, une seule idée me fait frémir. Je n'ai pas l'habitude d'en parler et je vous le dis seulement si vous me promettez de tenir votre langue, d'accord? L'événement le plus désastreux que je puisse imaginer est… que les élèves de l'école apprennent le surnom que me donne ma mère!

Au lieu de surnom, on peut dire sobriquet. Ma mère m'a déniché un nom affectueux qui est la pire chose qu'un enfant doive porter. Chaque fois que je tente de savoir pourquoi elle m'appelle ainsi, maman hausse les épaules en lançant:

— Parce que je t'aime!

Que répondre à ça?!

Oui, je sais! Il faut le dévoiler maintenant. Vous avez de la chance; je ne confie jamais ce secret à personne. Et si vous le deviniez? Pensez à un mot ridicule de sept lettres qui commence par C. Imaginez une situation humiliante, un personnage auquel vous ne voudriez pas ressembler. Vous voyez? Un mot de trois syllabes! Rien ne vous vient à l'esprit? Bon! D'accord! Approchez et ouvrez grandes vos oreilles parce que je ne vais pas le répéter!

Mon sobriquet est Cupidon.

Vous ai-je entendu rire? Pas trop. Merci! Vous êtes gentils!

2

UN HONNEUR?

Habituellement, j'aime bien me promener dans les salles du musée. Les portraits anciens de gens coiffés de perruques me fascinent! Par contre, ces jours-ci, je préférerais éviter les visites que nous y faisons avec la classe. Notre enseignant nous initie à la mythologie. Nous observons les dieux et les déesses représentés en peinture.

— Oooooh! Ah! Ah! Ah!

Chaque fois, le même scénario se produit! Dès que nous entrons dans la galerie de l'art italien, des cupidons aux fesses à l'air font rire tout le monde!

Savez-vous de quoi a l'air Cupidon? D'UN BÉBÉ! Il a des ailes comme un ange et il vole tout nu! Un arc à la main, il tire des flèches pour rendre les gens amoureux. J'ai honte! Ai-je besoin de vous préci-

ser que je déteste la Saint-Valentin ? Ma mère dit que c'est un honneur de porter ce surnom.

— *Cupido* veut dire désir en latin, m'a-t-elle expliqué, un jour de février, dans un magasin rempli de cœurs rouges et d'angelots en plastique. Tu n'aimes pas l'amour, mon chou ?

— Non, non. Il ne s'agit pas de ça...

Quand quitterons-nous enfin le musée ?! Malheureusement pour moi, nous irons souvent cette année : la mythologie est un sujet très vaste et mon enseignant l'adore !

— Guili ! Guili !

Alexis essaie de se rendre intéressant en faisant le pitre devant les peintures. J'ai l'impression que même Lilia sourit. Normalement, cette fille n'est pas de celles qui rigolent devant des fanfarons en mal d'attention. Enfin, je crois. Lilia doit pourtant savoir que tout ça ne rime à rien.

J'ai hâte de ne plus être entouré de tous ces…Vous savez qui! Malgré ce que dit maman, il n'y a rien de glorieux à porter un nom pareil. Au contraire! Il faut trouver un lieu sûr pour un tel secret, un endroit perdu où personne ne va fouiller.

3

ROUGE COMME...

De retour à l'école, tout le monde s'agite dans la cour. Moi, je n'ai envie de rien.

— Eh! Tomate! Va chercher le ballon!

Je me prénomme Thomas. Pour m'énerver, Julien Grippe m'appelle Tomate. Il se croit très fort avec ça. S'il savait! Ce surnom n'a rien d'original! Sans m'occuper de lui, je me dirige vers mon ami Simon.

Simon ne fait pas partie de ma classe. Il est plus vieux que moi. Je le connais parce que nous sommes voisins. À ma naissance, il vint me voir dans mon berceau. À ce qu'on dit, il me pinça le nez et je me mis à pleurer. Il n'était qu'un bébé, lui aussi. Simon ne parle pas pour rien et ne se fâche jamais.

— Salut Tom! Alors, cette sortie au musée?

— Hmm…

— Ça ne va pas?

— Il y avait des cupidons sur chacune des peintures que nous avons observées, dis-je sans entrain.

— Oh! Je vois.

Un jour, Simon fut témoin de la mauvaise manie des membres de ma famille. Je me souviens de son

expression lorsque le vilain mot s'échappa de la bouche de ma mère. C'était un matin d'hiver. Tout le monde s'affairait.

— Vite Cupidon ! Prends ton sac et tes affaires ! lâcha maman en oubliant la loi invisible lui interdisant de m'appeler ainsi devant les autres.

— Cupidon ?!

Simon écarquilla les yeux. Moi, j'étais rouge comme une tomate ! Mes oreilles chauffaient sous mon bonnet. Simon ne dit rien de plus. Pas un mot, pas une remarque. Vous vous rendez compte ? Il aurait pu s'esclaffer, rire pendant des jours et des jours. Simon ne me taquina jamais et l'existence de mon sobriquet demeura secrète. Ce gars est un extraordinaire ami !

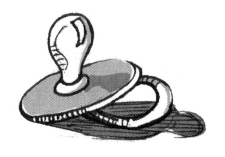

4

JE-VEUX-GRANDIR !
JE-VEUX-GRANDIR !

Pendant que nous marchons vers la maison, ma mère passe en voiture et klaxonne.

— Je te parie que le mot « Cupidon » lui est venu à l'esprit lorsqu'elle m'a vu, dis-je à Simon d'un ton maussade.

— Probable.

— Maman cherche sûrement à me garder petit en m'imposant un nom pareil ? Sinon, pourquoi le ferait-elle? À l'école, ça va, mais à la maison, on dirait que j'ai trois ans!

— Tu as raison, répond Simon. Ma mère aussi préfère ne pas me voir grandir.

C'est vrai, quoi! Qu'est-ce qu'ils ont les parents? Sont-ils allergiques au temps? Détestent-ils les pantalons qui deviennent trop courts?

— Comme ça pousse! Dire qu'il n'y a pas si longtemps, on pouvait encore le bercer! racontent-ils aux voisins, aux grandes tantes et parfois même à de purs inconnus!

À les entendre, on croirait que personne n'est aussi charmant qu'un poupon et que rien ne vaut l'époque de nos premiers mois. Mes parents pensent-ils réellement que tout était mieux lorsque je ne pouvais rien faire seul, ni manger, ni m'habiller, ni même faire pipi? Depuis que je suis grand, que je peux entrer chez nous avec ma clef, me servir un verre de lait, des biscuits, ce doit être plus facile pour eux. Cela me semble plus simple, en tous cas, que du temps où je ne pouvais pas parler et que c'était en pleurant que je leur réclamais un peu d'eau.

Que désirent-ils au juste? Une minute, l'un d'eux te dit de bien manger pour assurer ta croissance. L'instant d'après, l'autre t'appelle Chouchou, Cupidon d'Amour ou MON BÉBÉ!!! Avouez que cela manque un peu de logique!

5

LE CAUCHEMAR !

Catastrophe ! C'est arrivé ! Je n'irai plus jamais à l'école ! Je me barricade pour toujours dans ma chambre !

— Cupidon, que fais-tu ?... Mais ouvre !

Ma mère s'impatiente derrière la porte et remue un tournevis dans la serrure.

— Tu m'inquiètes tellement! Poussin! Canard! Réponds-moi!

Finalement, mon père entre par la fenêtre.

— J'y suis! Ouille! crie-t-il en posant le pied sur le tapis et sur la pointe d'une figurine.

Il court ouvrir à ma mère.

— Oh! s'exclame-t-elle en entrant. Pauvre poulet, comme tu es rouge!

— Tu as raison, ma truite, ajoute mon père. Il n'a pas l'air bien.

Récapitulons! Il était près de dix-huit heures. Je lisais. Un parfait insouciant! Je ne sentis pas venir le coup. Je fus trop bête, trop paresseux pour me lever prestement et courir lorsque le téléphone sonna. Un coup, deux coups, ma mère répondit.

— Cupidon! Un ami t'appelle!

— Quoi?!

Je levai la tête. Que venait-elle de dire?!

En arrivant au salon, je vis l'appareil qui m'attendait sur la table. Ma mère était repartie à la cuisine. J'ignorais si elle avait mis sa main bien fort sur le combiné pour que l'horrible mot ne soit entendu de personne. En m'approchant, je perçus un rire. Ce n'était pas bon signe.

— Allô?

— Ah! Ah! Salut Cupidon! claironna une voix que je reconnus immédiatement.

«Misère!» pensai-je.

Les rires résonnèrent dans ma tête. Alexis continua de parler, mais je ne l'écoutais plus. Je sentais mon

cœur battre à mes tempes. Mon corps ruisselait. Je ne saisis que ses derniers mots :

— À demain, Cupidon !

Péniblement, je retournai dans ma chambre pour m'enfermer. En m'affalant sur mon lit, je grelottais.

6

L'AUTRE
CAUCHEMAR...

La fièvre provoqua des rêves délirants. La cour d'école était immense et rien ne ressemblait plus à la réalité. Lilia était assise sur du gazon gris et pleurait.

— Ah! Ah! Ce que nous te disons est vrai, Lilia! Tu le verras de tes propres yeux. Il va bientôt arriver!

Alexis gesticulait comme un démon. Il portait une cape, des bottes et ses sourcils étaient très poilus. Lilia tremblotait. Elle cachait son visage dans ses mains. Julien Grippe et ses amis ricanaient.

Soudain, Alexis éclata de rire. Il pointa quelque chose dans les airs.

—Ah! Ah! Ah! Là, Lilia! Regarde!

Lilia leva la tête.

— Nooonnn!

Une forme se déplaçait dans le ciel. C'était un personnage joufflu qui volait complètement nu et … C'ÉTAIT MOI!

7

LE DEUXIÈME AVEU

—Et tu as accepté?! s'étonne Simon.

Je garde le nez dans les cahiers étalés devant moi. Je n'arrive pas à regarder mon ami dans les yeux.

— Avais-je le choix?

Simon me rend visite. Je ne suis pas allé à l'école de toute la semaine. Je travaille sur une petite table que ma mère a installée sur mon lit.

Malheureusement pour moi, Alexis profite de la situation. Ce gars veut à tout prix entrer dans la gang de Julien Grippe. En dévoilant mon secret, il a une chance qu'on le remarque. Jusqu'à maintenant, il n'a rien dit parce que je me charge de tous ses devoirs. Il me fait chanter.

— Tu comptes jouer ce jeu longtemps ?

— Si j'arrête, je suis cuit. Mon sobriquet fera le tour de l'école en un rien de temps.

— Et alors ? Thomas, peux-tu me donner UNE SEULE RAISON qui vaille la peine d'accepter une menace pareille ? insiste Simon.

— Euh…

— Hum ?

— Euh… Lilia?

Le lendemain, ma mère sourit en me tendant ma boîte à lunch.

— Je suis heureuse que tu te sentes mieux, mon trésor.

Quelque chose s'est passé depuis la visite de Simon : ma fièvre est tombée et j'ai pris une décision.

8

LA LETTRE

Je crois que j'ai recommencé cent fois avant de trouver les bons mots. Choisir les premiers fut difficile.

Chère Lilia; Lilia;
Bonjour Lilia; Allô; Comment
vas-tu, Lilia?;
J'ai un secret à te dire, Lilia.

Finalement, j'ai opté pour :

Allô Lilia,
Tu entendras peut-être des
rumeurs sur moi. Des rumeurs
ridicules, mais vraies. Mes
parents me donnent souvent
des noms de bébé. Quand
j'étais petit, ils m'appelaient
Poupouton. Ensuite,
ils se sont mis à utiliser
Chouchou, Trésor, Poussin
d'Amour et maintenant,
Cupidon. Voilà ! Je voulais
te le dire. C'est tout. Si tu
entends ça à l'école, au moins,
tu le sauras déjà.

Thomas

9

RENVERSANT !

Je suis heureux de marcher avec Simon pour mon retour en classe. Par contre, je me sens nerveux. J'ai un peu mal au ventre.

— Plus vite, Tom. On va finir par être en retard ! me presse-t-il.

Alexis ne sait rien de ma décision. J'espère donner la lettre à Lilia avant que mon secret ne soit révélé.

Alexis est dans la cour lorsque nous arrivons. Je n'ai pas le temps de voir Lilia.

— Que fais-tu là, toi ?! Et c'est quoi ce papier ?

Il s'empare de ma lettre.

— Tu crois pouvoir me déjouer aussi facilement, Cupidon ?

Il déchire la feuille et les pauvres morceaux de papier s'éparpillent partout dans la cour.

— En plus, tu es amoureux d'une fille, toi, Cupidon ? C'est bon à savoir.

La journée commence mal !

Presque au même moment, Julien Grippe lance un cri.

— Eh !

Il retient un morceau de papier avec le bout de sa chaussure.

— Qui a écrit ça ?

Alexis répond en me montrant du doigt. Julien Grippe s'avance avec un air inquiétant.

— C'est ton écriture, Tomate?

Julien me met sous le nez un fragment de ma lettre sur lequel est inscrit le mot «Chouchou».

— Oui.

Il attrape aussitôt le collet de ma veste.

— Et tu pensais en faire quoi? Peut-être en parler à tout le monde?

— Euh…

Je n'ai pas le temps de répondre. Julien me renverse sur le dos.

— Comment as-tu su, hein? Réponds! s'obstine-t-il les mains agrippées à mon col qui se déchire.

Figé comme une statue, je ne cherche pas à me dégager. Je cherche plutôt à comprendre. Qu'est-ce que Julien raconte? J'essaie de trouver une explication et une bonne réplique lorsqu'une phrase incroyable sort de la bouche du plus terrible gars de l'école:

— Qui est le traître qui t'a appris mon surnom? gronde Julien la bouche crispée et le nez tout près du mien.

— Ton… surnom? dis-je en hésitant.

Julien Grippe… Le bout de papier… Serait-il en train de confesser qu'il se fait surnommer… Chouchou?! L'idée trotte dans ma tête et j'essaie de ne pas rire. J'essaie de me retenir, mais un léger ricanement sort de ma gorge. Paf! Je reçois le premier coup de poing de ma vie. Tout devient noir…

10

OH!!!

—**O**ups!...

Julien s'aperçoit qu'il a frappé un peu fort.

— Qu'as-tu fait? hurle Simon en se précipitant sur moi.

— Que se passe-t-il?

— Pourquoi Julien a-t-il fait ça?

— Qui est le gars par terre?

En trois secondes, un grand rassemblement se forme. Tout le

monde bavarde, s'étire le cou. Lorsque j'ouvre les yeux, des tas et des tas de têtes s'agitent, des tas d'yeux me regardent et des tas de bouches me demandent :

— Ça va ?

— Ça va Tom ?

— Dis, Thomas, ça va ?

Les enseignants obligent le groupe à se disperser. Le directeur est en colère. Il passe un long moment à nous rappeler les règles d'une bonne conduite. Julien et moi devons appeler nos parents et nous héritons d'une série de tâches à faire pendant les récréations.

Avec toute cette agitation, Alexis se tient tranquille. Durant l'heure du dîner, personne ne me surnomme Cupidon. Mon secret paraît intact !

Julien, lui, divulgue involontairement le sien.

— C'est toi qui as dit à Tomate que je m'appelais Chouchou? demande-t-il à tout le monde.

— Non, non, répondent les uns.

— Ah bon? Tu t'appelles Chouchou? s'étonnent les autres.

Le surnom de Julien Grippe se retrouve sur toutes les lèvres. Contrairement à ce qu'on aurait pu croire, personne ne se moque de lui. Soulagés de pouvoir enfin parler, les élèves confessent tous en même temps:

— Je ne savais pas qu'on disait sobriquet.

— Qu'est-ce que c'est, le tien?

— Moi, c'est Minou.

— Oh, ça ressemble au mien. C'est Chaton.

— Des fois c'est Champion, des fois Coco.

— Poussin.

— Mon cœur.

— Fripon.

— Doucereau.

— Boubou.

— Pompon.

Pendant que tout le monde discute, une main me chatouille l'épaule. Je me retourne et je vois Lilia.

— Tu en as, toi, un surnom choisi par tes parents? s'enquiert-elle pendant que mes jambes se ramollissent.

Elle m'observe. Le temps s'arrête. On dirait que je mets des heures à répondre :

— Oui.

11

AUX ANGES...

De retour chez moi, ma mère n'en revient pas.

— Une bataille à propos d'un sobriquet ? Vraiment ? Et ce garçon s'est fâché pour ça ?...Thomas, tu m'écoutes ?

Je lève les yeux. Elle me regarde.

— Tu ne trouves pas que sa réaction a été un peu forte ?

Je lui fais signe que oui, mais je n'ai aucune idée de ce qu'elle raconte. J'invente une excuse pour m'enfuir.

— J'ai des tas de devoirs à faire!

Lorsque la porte de ma chambre est fermée, que je suis certain que rien ni personne ne viendra me surprendre, je sors le précieux trésor que je gardais dans la poche de mon blouson. Je l'ai scruté des dizaines de fois au cours de la journée.

Sur un bout de papier, cinq beaux anges sont tracés. Ils volent au-dessus des mots «Je t'aime Cupidon!». Il y a aussi des X, des cœurs et c'est signé: Lilia, alias Chaperonnette ou Petite Fleur.

Je sors une feuille et des crayons.
Je me dessine : souriant… et trans-
percé d'une flèche !

TABLE DES MATIÈRES

1. Le premier aveu 9

2. Un honneur ? 13

3. Rouge comme… 17

4. Je-veux-grandir !
   Je-veux-grandir ! 21

5. Le cauchemar 25

6. L'autre cauchemar… 29

7. Le deuxième aveu................ 33

8. La lettre 37

9. Renversant !........................ 39

10. Oh !!! 45

11. Aux anges…......................... 51

Louise Daveluy

Louise Daveluy est née en Mauricie et vit à Montréal. Elle travaille dans le domaine de la création et de l'histoire de l'art. Elle anime des ateliers au Musée des beaux-arts de Montréal pour une foule d'enfants curieux. Elle aime les histoires abracadabrantes, mais aussi celles qui sont pleines de tendresse. *Le sobriquet* est son premier roman pour la jeunesse.

SÉSAME

Collection Sésame

1. **L'idée de Saugrenue**
   Carmen Marois

2. **La chasse aux bigorneaux**
   Philippe Tisseyre

3. **Mes parents sont des monstres**
   Susanne Julien
   (palmarès de la Livro-magie 1998/1999)

4. **Le cœur en compote**
   Gaétan Chagnon

5. **Les trois petits sagouins**
   Angèle Delaunois

6. **Le Pays des noms à coucher dehors**
   Francine Allard

7. **Grand-père est un ogre**
   Susanne Julien

8. **Voulez-vous m'épouser, mademoiselle Lemay ?**
   Yanik Comeau

9. **Dans les filets de Cupidon**
   Marie-Andrée Boucher Mativat

10. **Le grand sauvetage**
    Claire Daignault

11. **La bulle baladeuse**
    Henriette Major

12. **Kaskabulles de Noël**
    Louise-Michelle Sauriol

13. **Opération Papillon**
    Jean-Pierre Guillet

14. **Le sourire de La Joconde**
    Marie-Andrée Boucher Mativat

15. **Une Charlotte en papillote**
    Hélène Grégoire (prix Cécile Gagnon 1999)

16. **Junior Poucet**
    Angèle Delaunois

17. **Où sont mes parents ?**
    Alain M. Bergeron

18. **Pince-Nez, le crabe en conserve**
    François Barcelo

19. **Adieu, mamie !**
    Raymonde Lamothe

20. **Grand-mère est une sorcière**
    Susanne Julien

21. **Un cadeau empoisonné**
    Marie-Andrée Boucher Mativat

22. **Le monstre du lac Champlain**
    Jean-Pierre Guillet

23. **Tibère et Trouscaillon**
Laurent Chabin

24. **Une araignée
au plafond**
Louise-Michelle Sauriol

25. **Coco**
Alain M. Bergeron

26. **Rocket Junior**
Pierre Roy

27. **Qui a volé les œufs?**
Paul-Claude Delisle

28. **Vélofile et
petites sirènes**
Nilma Saint-Gelais

29. **Le mystère des nuits
blanches**
Andrée-Anne Gratton

30. **Le magicien ensorcelé**
Christine Bonenfant

31. **Terreur, le Cheval
Merveilleux**
Martine Quentric-Séguy

32. **Chanel et Pacifique**
Dominique Giroux

33. **Mon oncle Dictionnaire**
Jean Béland

34. **Le fantôme du lac Vert**
Martine Valade

35. **Niouk, le petit loup**
Angèle Delaunois

36. **Les visiteurs
des ténèbres**
Jean-Pierre Guillet

37. **Simon et Violette**
Andrée-Anne Gratton

38. **Sonate pour un violon**
Diane Groulx

39. **L'affaire Dafi**
Carole Muloin

40. **La soupe aux vers
de terre**
Josée Corriveau

41. **Mes cousins
sont des lutins**
Susanne Julien

42. **Espèce de Coco**
Alain M. Bergeron

43. **La fille du roi Janvier**
Cécile Gagnon

44. **Petits bonheurs**
Alain Raimbault

45. **Le voyage en Afrique
de Chafouin**
Carl Dubé

46. **D'où viennent
les livres?**
Raymonde Painchaud

47. **Mon père
est un vampire**
Susanne Julien

48. **Le chat
de Windigo**
Marie-Andrée Boucher
Mativat

49. **Jérémie et le vent
du large**
Louise-Michelle Sauriol

50. **Le chat qui mangeait
des ombres**
Christine Bonenfant

51. **Le secret de Simon**
Andrée-Anne Gratton

52. **Super Coco**
Alain M. Bergeron

53. **L'île aux loups**
Alain Raimbault

54. **La foire aux bêtises**
Marie-Élaine Mineau

55. **Yasmina et le petit coq**
Sylviane Dauchelle

56. **Villeneuve contre Villeneuve**
Pierre Roy

57. **Arrête deux minutes!**
Geneviève Piché

58. **Pas le hockey! Le hoquet. OK?**
Raymonde Painchaud

59. **Chafouin sur l'île aux brumes**
Carl Dubé

60. **Un espion dans la maison**
Andrée-Anne Gratton

61. **Coco et le docteur Flaminco**
Alain M. Bergeron

62. **Le gâteau gobe-chagrin**
Maryse Dubuc

63. **Simon, l'as du ballon**
Andrée-Anne Gratton

64. **Lettres de décembre 1944**
Alain M. Bergeron

65. **Ma tante est une fée**
Susanne Julien

66. **Un jour merveilleux**
Alain Raimbault

67. **L'enfant des glaces**
Yves Ouellet

68. **Les saisons d'Émilie**
Diane Bergeron

69. **Les chaussettes de Julien**
Chantal Blanchette

70. **Le séducteur**
Hélène Cossette

71. **Les gros rots de Vincent**
Diane Bergeron

72. **Quel cirque, mon Coco!**
Alain M. Bergeron

73. **J comme toujours**
Raymonde Painchaud

74. **Vol de gomme, vive la science!**
Raymonde Painchaud

75. **Un été dans les galaxies**
Louise-Michelle Sauriol

76. **La deuxième vie d'Alligato**
Maryse Dubuc

77. **Des crabes dans ma cour**
Andrée-Anne Gratton

78. **L'envahisseur**
Diane Groulx

79. **Une sortie d'enfer!**
Marie-Andrée Boucher